Este não é um livro de princesas

Blandina Franco e José Carlos Lollo

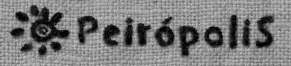

Este não é um livro de princesas

Petrópolis

Este não é
um livro de princesas.

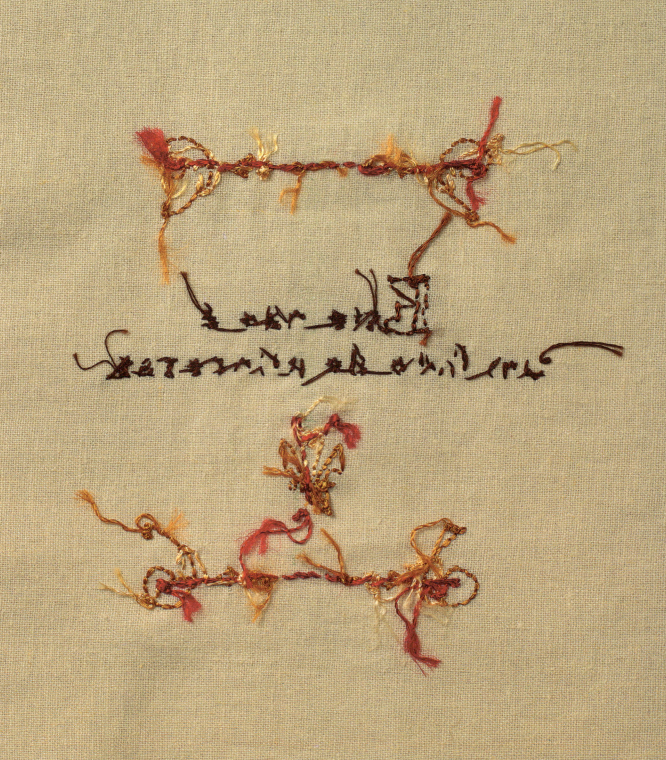

Nem um livro
para princesas.

Nem um livro
escrito por uma princesa.

Muito menos
um livro ilustrado
por uma princesa.

Ele começa com
"Um dia desses,
antes de amanhecer".

Este é um livro
que não se passa
"Em um reino distante".

Ele se passa "em uma casa aqui perto, logo ali virando a esquina".

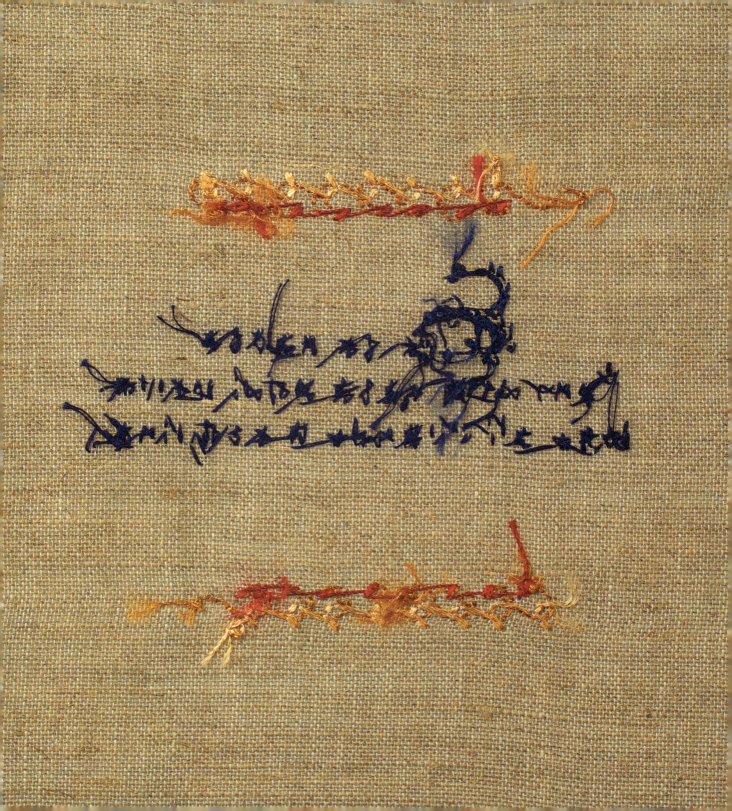

E neste livro, nesta casa, não vive uma princesa.

Vive uma menina
de cabelos desgrenhados
e que não gosta muito
de tomar banho.

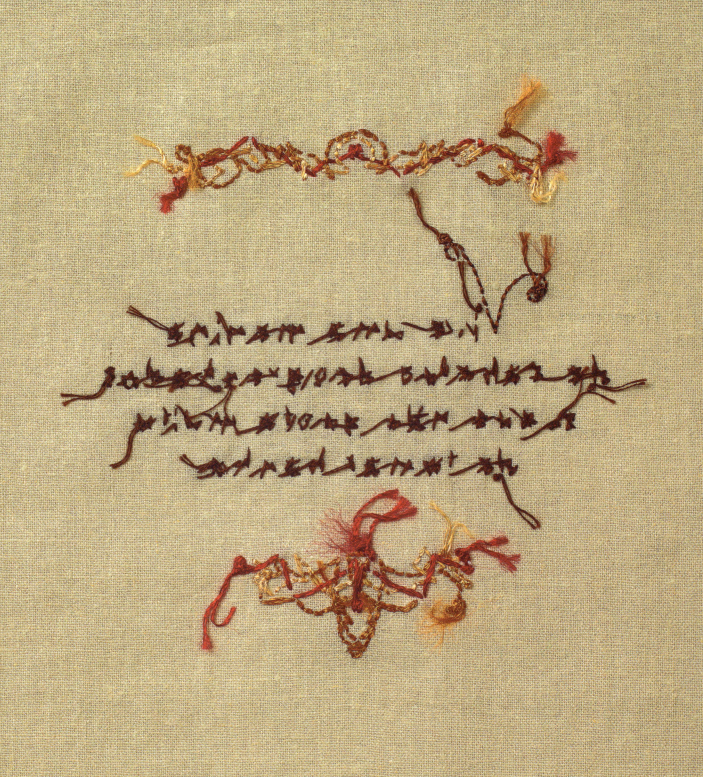

Aqui não importa
se as princesas
são loiras, morenas
ou ruivas.

Nem se são altas, baixas, magras ou gordas.

Não importa se elas bordam ou brincam pelos corredores de seus castelos.

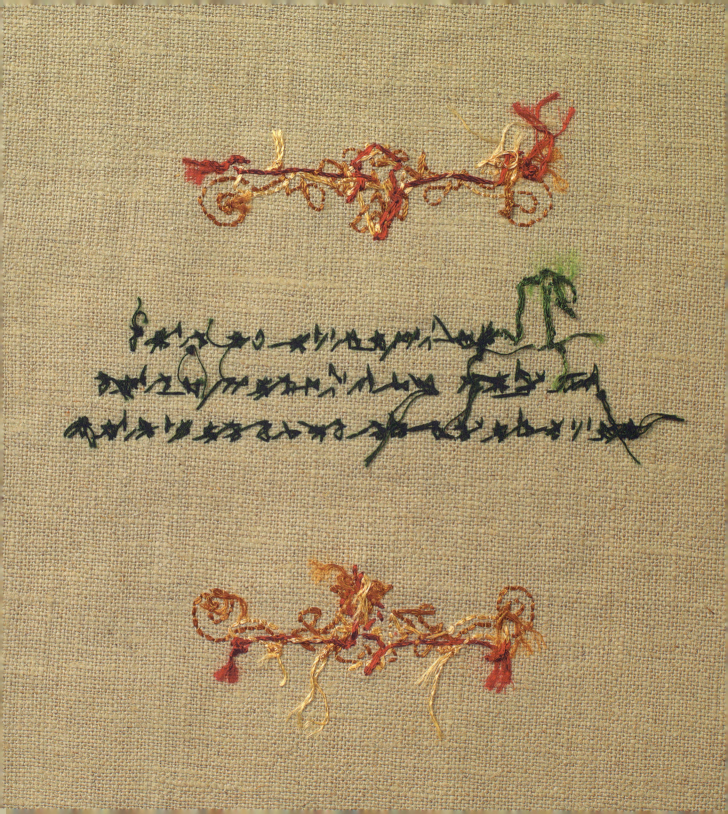

Nada disso é importante neste livro.

porque este não é
um livro de princesas.

Neste livro, naquela casa logo ali virando a esquina, um dia desses, antes do amanhecer, uma menina de cabelos desgrenhados e que não gosta muito de tomar banho estava debruçada na janela do seu quarto, sonhando com a sua vida.

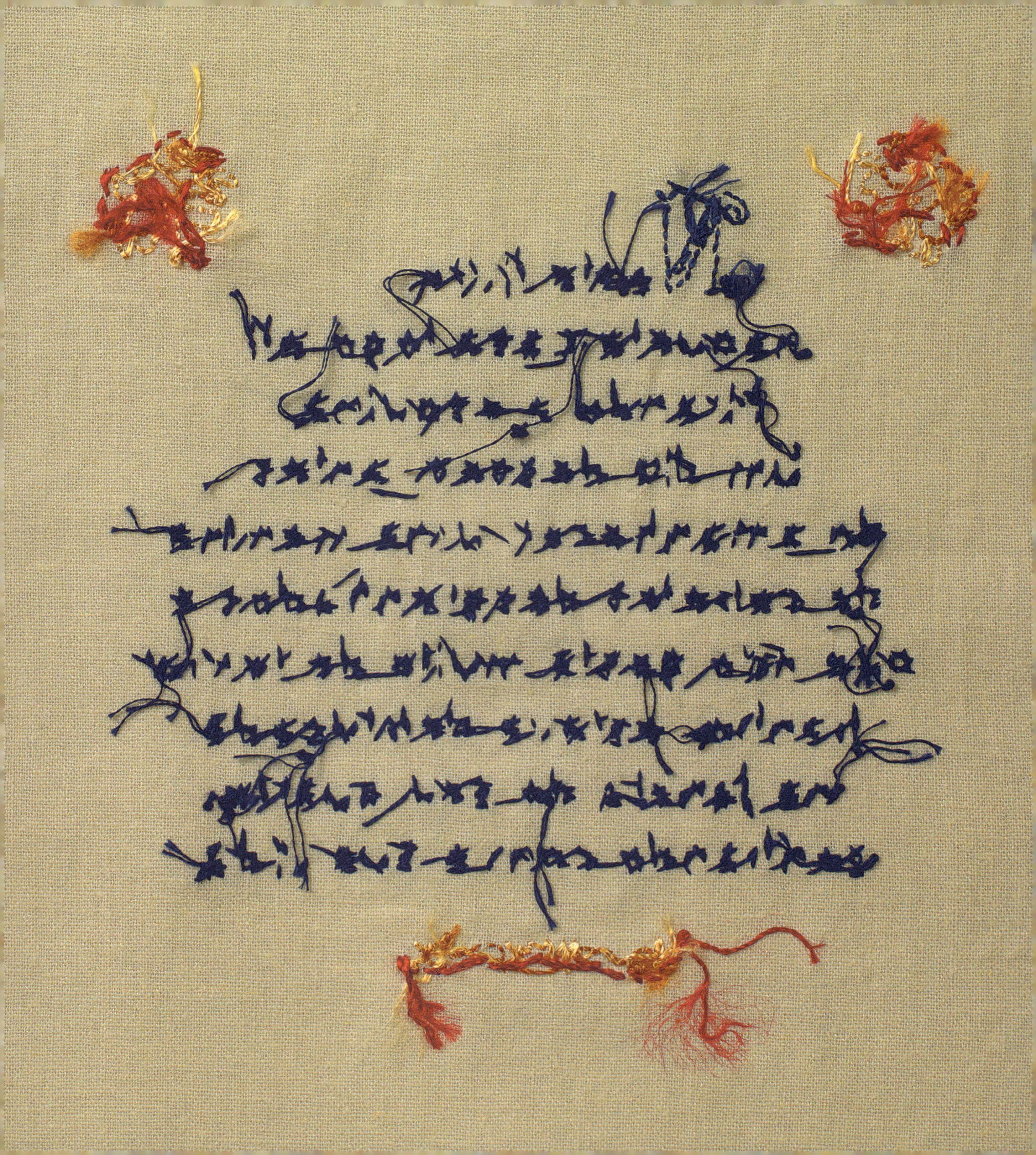

Blandina Franco não é princesa. Ela é escritora de livros infantis e nunca correu pelos corredores de seu castelo vestindo um vestido de veludo vermelho de colarinho rendado, usando uma tiara de pérolas e diamantes. Ela gosta mais de escrever e contar histórias e de comer pão com salsicha na hora do lanche.

José Carlos Lollo não é príncipe. Ele é um ilustrador de livros infantis e nunca correu pelos campos montado em um corcel branco empunhando sua espada de honra e glória. Ele gosta mais de desenhar, colecionar soldadinhos de chumbo e comer pão com salsicha junto com a Blandina na hora do lanche.

Um dia, os dois se encontraram, começaram a fazer livros juntos, se casaram e vivem felizes para sempre em uma casa com um cachorro, um monte de passarinhos e muitos livros e brinquedos.

Giacomo Favretto também não é príncipe. Ele é um fotógrafo legal de verdade, e foi quem fez as fotos dos bordados deste livro. Ele não gosta de pão com salsicha, pois é italiano e acha que o certo pro lanche é pão com um negócio chamado *prosciutto*.

Os três acham que é mais legal você ser legal de verdade do que ser princesa de mentira, por isso fizeram este livro.

Copyright © 2014 Blandina Franco e José Carlos Lollo

Editora
Renata Farhat Borges

Editora assistente
Lilian Scutti

Produção gráfica
Carla Arbex

Assistente editorial
César Eduardo de Carvalho e Hugo Reis

Reprodução fotográfica dos originais
Giacomo Favretto

Revisão
Valéria Sanalios

Tratamento de imagens
Marcio Uva

Dados Internacionais de Catalogação na Publicação (CIP)
Angélica Ilacqua CRB-8/7057

Franco, Blandina
　　Este não é um livro de princesas / Blandina Franco,
José Carlos Lollo — SãoPaulo: Peirópolis, 2014. il., color.
　　ISBN: 978-85-7596-332-6

　　1. Literatura infantojuvenil 2. Contos de fadas 3.
Autoestima em crianças 4. Valores 5. Estética I. Título
II. Lollo, José Carlos

CDD 028.5　　　　　　　　　　　　　　　　　　13-1011

　　Índices para catálogo sistemático:
　　1. Literatura infantojuvenil

Editado conforme o Acordo Ortográfico da Língua
Portuguesa de 1990.

1ª edição, 2014

Editora Peirópolis Ltda.
Rua Girassol, 310 f – Vila Madalena
05433-000 – São Paulo – SP
tel.: (11) 3816-0699 | fax: (11) 3816-6718
vendas@editorapeiropolis.com.br
www.editorapeiropolis.com.br

Missão

Contribuir para a construção de um
mundo mais solidário, justo e harmônico,
publicando literatura que ofereça novas
perspectivas para a compreensão do ser
humano e do seu papel no planeta.

A gente publica o que gosta de ler:
livros que transformam.